Ana Maria M

Bisa Bia, Bisa Bel

Ilustrações de

Mariana Newlands

DE ACORDO COM AS NOVAS NORMAS ORTOGRÁFICAS

3ª Edição

15ª impressão

SALAMANDRA

Sabe?

Vou lhe contar uma coisa que é segredo. Ninguém desconfia. É que Bisa Bia mora comigo. Ninguém sabe mesmo. Ninguém consegue ver.

Pode procurar pela casa inteira, duvido que ache. Mesmo se alguém for bisbilhotar num cantinho da gaveta, não vai encontrar. Nem se fuçar debaixo do tapete. Nem atrás da porta. Se quiser, pode até esperar uma hora em que eu esteja bem distraída e pode espiar pelo buraco da fechadura de meu quarto. Pensa que vai conseguir ver Bisa Bia?

Vai nada...

Sabe por quê? É que Bisa Bia mora comigo, mas não é do meu lado de fora. Bisa Bia mora muito comigo mesmo. Ela mora dentro de mim. E até bem pouco tempo atrás, nem eu mesma sabia disso. Para falar a verdade, eu nem sabia que Bisa Bia existia.

No fundo de uma caixinha

A primeira vez, bem que Bisa Bia estava escondida. Só apareceu por causa das arrumações da minha mãe.

Minha mãe é gozada. Não tem essas manias de arrumação que muita mãe dos outros tem, ela até que vai deixando as coisas meio espalhadas na casa, um bocado fora do lugar, e na hora em que precisa de alguma coisa quase deixa todo mundo maluco, revirando pra lá e pra cá. Mas de vez em quando ela cisma. Dá uma geral, como ela diz. Arruma, arruma, arruma, dois, três dias seguidos... Tira tudo do lugar, rasga papel, separa roupa velha que não usa mais, acha uma porção de coisas que estavam sumidas, joga revista fora, manda um monte de bagulho para a gente usar na aula de arte na escola. E sempre tem umas surpresas para mim — como um colar todo colorido e brilhante que um dia ela achou e me deu para brincar.

Pois foi numa dessas arrumações, quando minha mãe estava dando uma geral, que eu fiquei conhecendo Bisa Bia. Parecia até a história da vida do gigante, que minha tia conta. Sabe? Aquela história que diz assim: dentro do mar tinha uma pedra, dentro da pedra tinha um ovo, dentro do ovo tinha uma vela e quem soprasse a vela matava o gigante. Claro que não tinha gigante nenhum na arrumação geral da minha mãe. Nem ovo. Mas até que tinha uma vela cor-de-rosa, do bolo de quando eu fiz um ano e que ela guardava de recordação, dentro de um sapatinho velho de neném, de quando eu era pequeninha. Mas eu lembrei da história do gigante porque a gente podia contar a história de Bisa Bia assim: dentro do quarto de minha mãe tinha um armário, dentro do armário tinha uma gaveta, dentro da gaveta tinha uma caixa, dentro da caixa tinha um envelope, dentro do envelope tinha um monte de retratos, dentro de um retrato tinha Bisa Bia.

Mas no começo eu não sabia. Cheguei da escola e vi a porta do quarto aberta, a porta do armário aberta, a gaveta aberta, e minha mãe sentada no chão, descalça, toda despenteada, com uma caixa fechada na mão. Dei um beijo nela e olhei para a caixa. Era a coisa mais linda do mundo, toda de madeira, mas madeira de cores diferentes, umas mais claras, outras mais escuras, formando um desenho, uma paisagem, onde tinha um morro, uma casinha, um pinheiro, umas nuvens no céu. Aí minha mãe abriu a caixa e tirou de dentro, bem lá do fundo, um envelope de papel pardo, velho e meio amassado.

— Que é que tem aí dentro, mãe?

— Nem lembro mais, minha filha. Vamos ver.

— Deve ser muita coisa, que o envelope está bem gordinho. E era mesmo. Um monte de retratos. Tinha um com umas pessoas sérias numa praça. Tinha outro com uma família toda, cheia de crianças e até um cachorro, bem debaixo da estátua do Cristo Redentor. Tinha mais um, de uma menina com dois laçarotes de fita na cabeça, no meio de uma planta esquisita, uma espécie de moita em forma de camelo, imagine só. Fiquei espantada:

— Como é que pode, mãe, planta que parece bicho?

— É que eles cortavam a moita assim, era moda, umas redondinhas, outras em feitio de poltrona, outras com formato de bicho. Era na Praça Paris, um lugar com laguinho e repuxo, chafariz que acendia colorido de noite. Parecia um balão d'água bem aceso no chão.

— Como é que você sabe disso tudo?

— Eu lembro, minha filha. Essa menina aí sou eu.

— Não é possível. Você está brincando...

Eu olhava para minha mãe e para o retrato da menina, achava meio gozado aquilo, minha mãe criança, brincando no galho de um camelo, pensando em balão d'água. E era meio esquisito, ela grande ali na minha frente, sentada no chão, explicando coisas, toda animada:

— A gente ia de bonde, era ótimo, fresquinho, todo aberto. Às vezes tinha reboque. Quando a gente pagava a passagem, o motorneiro puxava uma cordinha e tocava uma campainha, aí mudava um número numa espécie de relógio que ficava lá no alto e marcava quantas pessoas viajavam no bonde.

Eu ficava imaginando como seria aquilo, sabia que bonde era uma espécie de trem de cidade, já tinha visto em filme na televisão, queria saber mais:

— E quando o motorneiro puxava a cordinha, não tinha que largar o motor? Não era perigoso?

Mamãe achou graça:

— Não, que ideia! Bonde era a coisa menos perigosa do mundo. E o motorneiro não tinha nada a ver com o motor, ele só cobrava, o nome é que parece... Quem dirigia era o condutor...

A gente ia conversando e olhando os retratos. De repente eu vi um que era a coisa mais fofa que você puder imaginar. Para começar, não era quadrado nem retangular, como os retratos que a gente sempre vê. Era meio redondo, espichado. Oval, mamãe explicou depois, em forma de ovo. E não era colorido nem preto-e-branco. Era marrom e bege clarinho. Mamãe disse que essa cor de retrato velho chamava sépia. E não ficava solto, que nem essas fotos que a gente tira e busca depois na loja, num álbum pequeno ou dentro de um envelope. Nada disso. Esse retrato oval e sépia ficava preso num cartão duro cinzento, todo enfeitado de flores e laços de papel mesmo, só que mais alto, como se o papelão estivesse meio inchado naquele lugar — gostoso de ficar passando o dedo por aquele cartão alto. E dentro disso tudo é que estava a fofura maior. Uma menininha linda, de cabelo todo cacheado, vestido claro cheio de fitas e rendas, segurando numa das mãos uma boneca de chapéu e na outra uma espécie de pneu de bicicleta soltinho, sem bicicleta, nem raio, nem pedal, sei lá, uma coisa parecida com um bambolê de metal.

— Ah, mãe, me dá essa bonequinha...

— Não é boneca, minha filha, é um retrato da vovó Beatriz.

— Ué, essa avó eu não conheço. Só conheço a vó Diná e a vó Ester. Tem outras, é?

— Tem, mas é minha. Vovó Beatriz. Sua bisavó...

— Minha bisavó Beatriz...

Fiquei olhando para o retrato e logo vi que não podia chamar de bisavó Beatriz aquela menina fofa com jeito de boneca. Não tinha cara nenhuma de bisavó, vê lá... Dava vontade de brincar com ela.

— Cadê a boneca da menina, mãe? E o bambolê? Que fim levou? Alguém guardou?

— Não. Isso tudo já faz muito tempo, se perdeu por aí. E não era bambolê...

— Pneu de bicicleta, já sei.

— Não, era um brinquedo antigo, que se empurrava pelo chão, rodando e equilibrando. Chamava arco. Não é nem do meu tempo, é do tempo da vovó Beatriz. Sua bisavó... — minha mãe ia respondendo com uma voz meio sonhadora.

— Minha Bisa Vó... Minha Bisa Beatriz...

Acho que deve ter sido meio por aí que comecei a pensar nela como minha Bisa Bia. E queria o retrato pra mim:

— Ah, mãe, me dá a foto, dá... É uma gracinha, parece uma boneca, dá pra mim...

— Não posso, minha filha. Pra que é que você quer isso? Você nem conheceu sua bisavó...

11

— Por isso mesmo, para eu ficar com ela para cima e para baixo, até conhecer bem. Levar para a escola, para a praça, para a calçada, pra todo canto. Dá pra mim, dá...

O tom de voz da mamãe ficou mais firme:

— Não. É o único retrato que eu tenho dela, não posso dar.

Mas eu devo ter olhado com uma cara tão pidona que ela ficou com pena:

— Está bem. Dar, eu não dou. Mas empresto para você levar para a escola.

Quando eu já ia saindo aos pinotes com o retrato na mão, ela ainda recomendou:

— Mas muito cuidado, hem? Não suje o retrato, não amasse. E, principalmente, veja se não larga por aí à toa... É a única foto de sua bisavó quando era pequena.

Pensei logo em botar a foto no bolso de trás da calça. Não entrou. Na hora, eu achei que era porque o retrato era maior do que o bolso. Só depois que eu fiquei conhecendo melhor Bisa Bia é que soube da verdade: ela não gosta de ver menina usando calça comprida, *short*, todas essas roupas gostosas de brincar. Acha que isso é roupa de homem, já pensou? De vez em quando ela vem com umas ideias assim esquisitas. Por ela, menina só usava vestido, saia, avental, e tudo daqueles bem bordados, e de babado. Mas isso eu só soube depois. Naquela primeira vez, achei que o retrato não cabia no bolso e lá fui com ele na mão para o meu quarto. Nem desconfiava que ela é que não queria saber de bolso de calça comprida. Nem desconfiava que ela tinha vontades e opiniões só dela.

Nem desconfiava que ela já estava era com vontade de morar comigo.

Pastel bochechuda

No dia seguinte, Bisa Bia foi comigo para o colégio, bem encaixada na sua moldura cheia de enfeites. No recreio, mostrei para Adriana, que é minha maior amiga:

— Você precisa conhecer essa menina aqui, Adriana. É Bisa Bia. Ela não é um amor?

Ela achou engraçadinho aquele retrato de menina, mas ficou muito espantada de saber que era minha bisavó. Para falar a verdade, eu acho que ela ficou foi com inveja, porque depois de olhar para a fotografia e dizer que era bonitinha, ela falou assim:

— Minha bisavó é muito diferente.

Aí eu pensei que ela estava escondendo o jogo, porque nunca tinha me dito que tinha uma bisavó. Ela continuava:

— Minha bisavó é velhinha, tem cabeça branca, óculos, vestido de velha, não dá para sair por aí brincando comigo.

Eu tive que explicar que a minha bisavó nem existia mais, já tinha morrido há muito tempo e não tinha aquela cara de menina, que aquilo era só um retrato de quando ela era pequena. Só no tempo de criança, tempo muito antigo, é que ela tinha sido como o retrato mostrava.

— Então por que é que você fica falando nela desse jeito aí, dizendo que é preciso conhecer, que é uma menina, essas coisas? Até parece que ela existe.

— E existe, claro que existe, Adriana... Então eu ia andar por aí com o retrato de alguém que não existe?

— Ué... Você mesma não acabou de dizer que ela não existe mais, que ela já morreu?

É... Desse ponto de vista, Adriana tinha razão.

Como é que eu podia explicar a ela que Bisa Bia estava existindo agora para mim? E muito... Eu sabia que ela tinha morrido há muito tempo, mas naquele tempo eu nem conhecia a minha bisavó. Tinha mais: de verdade, naquele tempo quem não existia era eu, ainda nem tinha nascido. Mas agora, de repente, desde a hora em que eu vi aquela belezinha de retrato, ela passou a existir para mim, e eu ficava pensando nela, imaginando a vida dela, as coisas que ela brincava, o que ela fazia, o mundo no tempo dela. Não dava para explicar isso para Adriana.

Mas quem vinha chegando era o Sérgio, e para mim ele é uma pessoa muito especial, o garoto mais bonito da classe, o mais divertido, o que tem melhores ideias. Adoro quando ele vem conversar comigo. Tem horas que eu acho que a gente devia se casar quando crescer, porque eu tinha vontade de ficar o resto da vida olhando para ele, ouvindo o que ele conta, fazendo coisas para ele... E eu queria muito que ele conhecesse Bisa Bia:

— Sérgio, olha só... Adivinhe de quem é esse retrato...

— Não sei, mas é de alguém que eu conheço, deixa eu ver melhor.

Ele olhou bem para o retrato e disse, de repente:

— Ah, já sei! Claro! Como é que não vi logo? Também, com essa fantasia, você ficou tão diferente... É seu. Mas com essa roupa de caipira não deu para reconhecer logo.

Desaforo... Chamar de caipira o vestido lindo de Bisa Bia... Eu já ia ficando com raiva quando lembrei que minha tia diz que homem é assim mesmo, vive ocupado com coisas mais importantes, não entende muito de moda, a gente precisa ter muita paciência com eles. De qualquer jeito, com ou sem a minha raiva, Sérgio ia continuando:

— Só que aqui no retrato você estava mais gordinha, mais bochechuda. Mas é claro que eu ia conhecer...

E, vendo que outros meninos da turma vinham chegando, foi dizendo em voz mais alta:

— Imagine se eu não ia conhecer em qualquer lugar do mundo essa sua cara de pastel.

Aí eu fiquei furiosa. O Sérgio é um amor, tem horas que eu quero casar com ele quando crescer, e coisa e tal. Mas se tem um troço que me deixa louca de raiva com ele é essa mania de rir de mim quando os amigos estão perto, esse jeito de fazer de conta que menina é uma pessoa sem importância, de me tratar como se eu fosse uma boboca. Nesse dia, fiquei com tanta raiva que saí correndo atrás dele, com vontade de bater mesmo. Acho que ele viu que era para valer, porque correu. Ia rindo de mim, implicando, gritando coisas, mas não ficou parado. Correu mesmo. Vai ver, ele ficou com medo de levar uma surra. De repente, quando eu já estava quase alcançando — e nem sei direito o que ia fazer — ele gritou:

— Não vá perder o retrato de pastel bochechuda, hem? Eu ainda posso precisar pra pendurar na porta do meu quarto e espantar mosquito...

Aí eu olhei pra trás e vi que tinha largado o retrato de Bisa Bia no meio do pátio e o vento estava levando. A surra no Sérgio podia esperar, mas eu não podia perder aquela foto. Voltei correndo atrás dela. Foi difícil pegar. Até parecia que Bisa Bia estava fugindo de mim. Ficava no chão e quando eu ia chegando perto para pegar, lá se ia ela de novo... Depois parava outra vez, como se estivesse me esperando, e quando eu passava perto, levantava no vento e voava de novo. Assim, aos poucos, acabou passando pela janela e caindo dentro da sala de aula. Fui lá buscar.

Quando entrei, vi que a professora de História, Dona Sônia, estava com o retrato na mão:

— Oi, Isabel, vem cá. Olha só que lindo esse retrato que o vento acaba de jogar aqui dentro.

Gostei porque ela achou lindo e fui explicando:

— Eu sei. Estava mesmo vindo buscar. É meu.

Aí ela disse:

— Adoro retratos antigos, tenho uma coleção. Esse é mesmo muito bonito. Quem é?

— Minha bisavó.

— Está se vendo. Eu devia ter desconfiado. Vocês são muito parecidas mesmo. É só a gente olhar com atenção que vai logo vendo. O mesmo formato de rosto, esse queixo levantadinho, sem tirar nem pôr...

Dona Sônia ia falando e comparando, pegando meu rosto, virando para a luz da janela:

— Impressionante... Você tem os olhos dela.

Mas quando eu ia perguntar como é que os olhos podiam ser dela, se eram meus, o sinal tocou e Dona Sônia saiu pelo corredor, dizendo que ainda tinha que buscar giz antes da turma voltar. Não consegui mais falar direito com ela naquele dia. Guardei Bisa Bia na pasta, dentro de um livro. Só quando cheguei em casa é que pude olhar para a foto com calma.

Tatuagem transparente

Todo dia, quando eu chego do colégio, é a mesma coisa. Largo a pasta em cima da cama, tiro o uniforme, ponho uma roupa boa de brincar, como qualquer coisa e vou encontrar a turma na esquina da rua. Nesse dia, também foi assim. Só que, enquanto eu comia meu pedaço de pão com manteiga, ia olhando bem para Bisa Bia. É... O Sérgio tinha razão, Dona Sônia também, nós éramos parecidas. Como se aquela garota antiga fosse minha irmã. Resolvi que ela também ia comigo até a calçada:

— Bisa Bia, vamos brincar lá embaixo?

Responder mesmo, ela não respondeu. Mas eu logo vi que ela estava louca para ir. Primeiro, porque quem cala consente. E depois, você precisava só ver como os olhos dela brilharam animados na hora em que ouviu falar que ia brincar. Já imaginou? Ela devia estar louca para sair um pouco, depois de ter ficado todo aquele tempo trancada no escuro, metida dentro de um envelope, dentro de uma caixa, dentro de uma gaveta, aquela história toda, feito a vida do gigante. Vai ver, era por isso que ela tinha ficado brincando de pique no pátio, correndo com o vento, pulando janela, se escondendo na sala de aula. Era isso mesmo! Bisa Bia ia brincar comigo.

Só que ela não queria entrar no bolso do *short*. Tentei com jeitinho, não consegui. Experimentei com força. Nada! Eu estava até pensando que o retrato era grande demais para o bolso, mas depois, com uma amassadinha, dei um jeito e ele entrou. Mas Bisa Bia é muito teimosa, aos poucos eu vou aprendendo. Entrar no bolso, ela entrou. Mas como ela não gosta, emburrou. Ficou dura. Eu acho que, com boa vontade, eu era até capaz de conseguir andar e correr com uma bisavó dura no bolso de trás do *short*. Mas eu não ia conseguir era me divertir, sabendo que tinha uma menininha linda toda aborrecida, fazendo jeito de dura, só porque estava presa no meu bolso. Coitada! Já chegava o tempão que ela tinha ficado trancada nos guardados, antes de minha mãe dar uma geral. O melhor era deixar que agora ficasse mais à vontade. E bem protegida. Aí tive a ideia de levantar a frente da camiseta e guardar Bisa Bia lá dentro, presa com o elástico da cintura do *short* e bem firme dentro da roupa, encostadinha na minha barriga e no meu peito, numa quentura gostosa.

Com todas essas tentativas, demorei um pouco para descer. Quando cheguei, a brincadeira já ia começar — e, pelo jeito, ia ser um jogo que eu adoro, um pique-bandeira bem animado, daqueles de muita correria mesmo. Nem dava tempo de apresentar Bisa Bia ao pessoal. O melhor era brincar logo, com ela guardada mesmo na camiseta, e depois fazer as apresentações com a turma.

22

Corre-que-corre, pula-que-pula, foge-que-foge, o cartão da moldura do retrato toda hora machucava minha barriga. Era como se Bisa Bia ficasse de vez em quando me dando umas cutucadas para dizer alguma coisa. E o que ela dizia e, aos poucos, eu ia aprendendo a entender, era mais ou menos assim:

— Ah, menina, não gosto quando você fica correndo desse jeito, pulando assim nessas brincadeiras de menino. Acho muito melhor quando você fica quieta e sossegada num canto, como uma mocinha bonita e bem-comportada.

Na animação da brincadeira eu não estava mesmo nem um pouco disposta a parar de me divertir para ficar dando explicação a Bisa Bia. Se ela me cutucava, eu podia também dar umas cutucadas nela, pra ela aprender. E bem que dei:

— Sossega, Bisa Bia!

Tanto cutuquei que ela acabou ficando quietinha, bem sossegada. Bem como ela achava que devia ser uma mocinha bonita. E eu pude então curtir minha brincadeira em paz, quanto eu quis. Ela ficou tão bem-comportada que eu até esqueci dela. Quando cansamos de brincar, fomos até a padaria tomar um sorvete, todo mundo animado, conversando, e eu nem me lembrei de oferecer a ela também... Se tivesse oferecido, na certa ela ia gostar, na hora eu nem sabia se no tempo dela tinha disso. Mais tarde fiquei sabendo que só tinha geladeira de madeira e era preciso comprar barra de gelo e botar dentro, e que Bisa Bia só gostava de sorvete se fosse de fruta, e feito em casa, que ela sempre acha que essas coisas que a gente come na rua — ela não fala "comer na rua", fala "se

encher de bobagem por aí''— são feitas sem higiene e acabam fazendo mal. Mas nesse dia eu ainda não sabia disso. E na hora do sorvete, nem lembrei do retrato de Bisa Bia guardado junto do meu peito.

Só lembrei mesmo quando cheguei em casa, cansada, suada, imunda, com marca de mão suja no pescoço, camiseta toda espandongada, e fui tomar banho. Na hora de tirar a roupa, dei falta. Onde estava o retrato? Será que tinha caído no meio da rua? Ou quando o Beto deu aquele puxão na minha roupa que quase me arranca o *short*? Ou quando pulei o muro para encurtar o caminho para a padaria? Pensava, pensava e não conseguia lembrar. Bem nesse instante, minha mãe estava chegando do trabalho, entrou no banheiro e perguntou:

— Como é, filha, levou o retrato da vovó Beatriz para a escola?

Mal consegui disfarçar:

— Levei, mãe, fez o maior sucesso. Todo mundo queria ver. Ficaram pedindo emprestado...

—Vê lá, hem, Isabel, cuidado para não perder...

— Pode deixar, mãe. Não vou perder nunca.

Falei aquilo com tanta certeza que eu mesma me espantei. Não era mentira. Comigo não tem essa de ficar dizendo mentira. Eu não sei mentir, se mentisse ia me atrapalhar toda, esquecer, repetir diferente depois, é uma coisa a que eu não estou acostumada. Acho que sou desligada demais para mentir direito. Por isso é que fui respondendo calma, contando a verdade mais funda e mais verdadeira, que só naquela hora eu estava entendendo, quando mamãe perguntou:

— E cadê o retrato?

O que eu disse foi o seguinte — só que ela não prestou muita atenção, porque já estava indo ver outra coisa, minha mãe tem a mania de fazer isso, falar e não ligar para a resposta:

— Sabe, mãe, aconteceu uma coisa muito interessante. Bisa Bia gostou muito de mim, da minha escola, dos meus amigos, do meu quarto, de tudo meu. Ela agora quer ficar morando comigo.

Fui falando e entrando no chuveiro. Enquanto a água começava a cair, ainda ouvi minha mãe dizer alguma coisa parecida com *ann... ramm...*, meio distraída. E continuei:

— Eu guardei ela grudada na minha pele, junto do meu coração, muito bem guardada, no melhor lugar que tinha. E ela gostou tanto — sabe, mãe? — que vai ficar aí para sempre, só que pelo lado de dentro, já imaginou? Também, era fácil, porque eu tinha corrido e estava suando muito, o retrato dela ficou molhado, colou em mim. Igualzinho a uma tatuagem. Ela ficou pintada na minha pele. Mas não dá para ninguém mais ver. Feito uma tatuagem transparente, ou invisível.

Respirei fundo dentro do chuveiro, esperando para ver se mamãe dizia alguma coisa. Como ela não disse nada — nem sei se ela estava ali ouvindo —, continuei explicando:

— Depois ela passou para dentro de mim, mãe, já pensou? Uma tatuagem por dentro, invisível e transparente, no meu peito. Agora Bisa Bia está morando comigo de verdade. Bem lá dentro.

Fechei a torneira e acrescentei:

— Morando comigo para sempre.

Saí do *box* do chuveiro. Mamãe não estava no banheiro. Uma das distrações dela é essa mania de sair e deixar a gente falando sozinha. Depois ela fica perguntando tudo outra vez. E como eu antes estava no banho, não sabia desde quando ela não tinha ouvido. Mas dessa vez, até que era bom. Assim ela não ia ficar fazendo uma porção de perguntas sobre o caso do retrato desaparecido. Podia ser até que esquecesse. Eu é que não ia esquecer nunca. Agora, eu, Isabel, que não tinha irmão nem irmã, já tinha uma amiga especial, uma bisavó-menininha, linda, linda, toda fofa, morando dentro do meu peito. Com boneca, arco, vestido de renda e tudo.

27

Conversas de antigamente

A partir desse dia, passei a ter longas conversas com Bisa Bia. Geralmente quando nós estávamos sozinhas. Ela me contava uma porção de coisas do tempo dela, ensinava coisas, falava de lembranças, dava conselhos — o que ela gosta de dar conselhos não dá nem para imaginar. Alguns conselhos são ótimos. Por exemplo, enfeitar meus cadernos com figuras coloridas (que ela chama de *cromos*). Acabamos descobrindo uns numa papelaria, que são mesmo umas graças. Fiquei com mania de cromos. Tenho cromo de anjinho, de bicho, de criança, de coração, de palhaço, de passarinho, de borboleta, de flores, uma porção. E não colo só nos cadernos, não. Saio colando em todo canto. Ponho em vidros, em caixinhas, nas gavetas, enfeito minha pasta de colégio com eles e ainda guardo um monte em coleção. Qualquer dia desses até peço a Dona Sônia para ver a tal coleção de retratos antigos que ela tem e mostro a minha de cromos. Aposto que a minha é mais bonita. E foi tudo ideia de Bisa Bia, eu nem conhecia esses cromos. Aliás, quando eu falei a ela da coleção de fotos de Dona Sônia, ela contou que, quando era moça, uma vez apareceu uma mania de colecionar cartões postais, toda família tinha esses cartões, arrumados de um jeito especial para mostrar às visitas em cima dos móveis, numa espécie de vitrine própria. E tinham coleções de leques, de enfeites, de muitas coisas. Fico pensando e acho que devia ser uma gracinha. Queria ver uma dessas coleções, mas acho que só em museu, e, mesmo assim, deve ser difícil...

Toda essa história de móveis é muito engraçada. Bisa Bia não conhecia armário embutido, já imaginou? Levou um susto a primeira vez que me viu abrir um, pensou que era uma parede que se mexia, que nem uma passagem secreta ou caverna de Ali Babá. Disse que no tempo dela não tinha nada disso. Também não tinha televisão, nem sofá-cama, nem liquidificador, nem bancada de pia no banheiro, nem almofadão da gente sentar no chão, nem uma porção de coisas assim. Mas também, ela fala de uns outros móveis bem diferentes, de nomes esquisitos. Na sala, tinha um tal de *bufê* ou *etagér* (nem sei se é assim que se escreve, é tudo nome estrangeiro, mas é assim que ela fala), que também chamava de aparador e tinha uma fruteira de louça em cima, de dois andares, pratinho maior e pratinho menor, já imaginou? Ela contou também

que embaixo da fruteira tinha um paninho de renda, porque tudo que se pusesse em cima de um móvel precisava antes de uma toalhinha de crochê ou paninho de bordado e renda, não consegui entender por quê. No quarto, a cama dela tinha mosquiteiro. Eu pensei que era uma criação particular de mosquistos, estava achando uma ideia incrível ter mosquito ensinado para zumbir a música que a gente quisesse e morder quem a gente não gostasse, mas aí ela explicou que era justamente o contrário: um pano para não deixar mosquito entrar na cama, ficava pendurado em volta, como uma espécie de cortina, porque naquele tempo não tinha *spray* de matar insetos, desses que anunciam na televisão. Outra coisa que ela contou que tinha no quarto era penteadeira, cheia de vidros de perfume em cima, enfeites de louça (vê que nome engraçado, chamava *bibelô* e ela diz que eram tão bonitinhos que eu até pareço um *bibelô*). Penteadeira eu logo vi para que servia:

— Ah, Bisa Bia, isso eu sei, é para olhar no espelho e se pentear, não é?

— E também para se fazer o toucador...

— O quê? Toucador? Ajeitar a touca na cabeça?

Ela riu e explicou que não. Era se arrumar, se pintar, se

enfeitar, ficar bonitinha, como a minha mãe se ajeita no espelho do banheiro.

Aí Bisa Bia explicou que no tempo dela banheiro era muito diferente. A gente lavava o rosto no quarto mesmo, e sempre tinha uma mesinha ou um móvel com uma bacia e um jarro d'água com uma toalha limpinha do lado.

— E pra fazer xixi?

— Tinha uma casinha lá fora...

— E se a gente acordasse de noite com vontade?

— Tinha um urinol... — ela explicava, sempre com paciência.

— O quê?

— Um urinol, penico. Ficava embaixo da cama, ou guardado numa portinha especial do criado-mudo.

— Criado-mudo? Você não disse outro dia que criada era empregada? Puxa, vocês gostavam mesmo de explorar os outros, hem, tratar todo mundo feito escravo... Pra que é que precisava de um coitado de um mudo pra guardar penico?

— Não, Isabel. Criado-mudo era uma espécie de mesinha do lado da cama, um armário pequeno...

— Ah, mesinha de cabeceira...

Como você já deve estar percebendo, Bisa Bia e eu somos capazes de ficar horas assim, batendo papo explicativo — como ela gosta de chamar. Ela explica as coisas do tempo dela, eu tenho que dar as explicações do nosso tempo. É que dentro do envelope, dentro da caixa, dentro da gaveta e dentro do armário, ela não tinha visto nada do que andava acontecendo por aqui esses anos todos. Comida, por exemplo, é um espanto.

Ela não conhecia congelado, enlatado, desidratado, ensacado, emplasticado, nem dá para lembrar tudo. No domingo em que eu disse que ia comer um cachorro-quente e tomar uma vaca--preta, foi um deus-nos-acuda. Foi mesmo:

— Deus nos acuda, minha filha! Isso lá é coisa que se coma? Coitadinho do cachorro...

O trabalho que deu para explicar, você nem sabe. Para começar, quando eu disse que era um lanche, levamos um tempão até entender que era o que ela chamava de merenda... Sanduíche era outra coisa que ela nem sabia o que era, mas deu para explicar que era salsicha com pão. Mas, vaca-preta? Coca-cola batida com sorvete? Quem disse que ela sabia o que era coca-cola? Ou qualquer refrigerante? Nada disso tinha no tempo dela. E depois, quando ela começou a me dizer o que costumava ter na merenda ou na sobremesa da casa dela, foi a minha vez de arregalar os olhos e ficar horrorizada, enquanto ela suspirava de saudade:

— Baba-de-moça, Isabel, uma delícia!

— Ai, que nojo, Bisa, como é que você tinha coragem?

Ela continuava:

— Papo-de-anjo, também, uma gostosura...

— Uma maldade, isso sim. Logo de anjinho... Ainda se fosse papo de galinha...

Mas aí ela falou em pé-de-moleque e olho-de-sogra e suspiro, e eu fui descobrindo que tudo era nome de doce, já pensou? Ela achando que eu comia ensopadinho de cachorro e eu achando que ela lambia cuspe de gente, a tal baba-de-moça. A gente fala a mesma língua, mas tem horas que nem parece, porque tem umas coisas que mudaram muito, fica até difícil entender... Eu pensava nessas dificuldades, mas Bisa Bia nem ligava, já tinha mesmo aberto o falador e era só continuar:

— Minha mãe gostava muito de fazer suspiro. Sempre que sobrava clara, dos ovos que só gastavam a gema para os outros doces, ela batia as claras bem batidinhas, fazia suspiro e enchia com eles uma *bomboniér*.

Pronto, outra palavra esquisita. É assim que ela fala, diz que é francês, não sei se é assim que se escreve.

— Uma o quê, Bisa Bia?

— *Bomboniér*, uma espécie de compoteira, só que em vez de guardar compotas e ser de cristal, guardava bombons e balas, e era de opalina verde-clara, tão bonita...

— E opalina era o quê? Uma espécie de plástico?

— Não, minha querida, não existia esse tal de plástico, você já esqueceu? Opalina era uma espécie de vidro, quase sem transparência, de cores tão bonitas... Minha mãe tinha algumas belas peças de opalina. Tinha um *plafoniê* azul...

— Isso você já me explicou outro dia, era uma luminária.

— Isso mesmo... E tinha também uma licoreira linda, verme-lha, com formato de pato, o gargalo era o pescoço comprido do pato, a tampa era a cabeça, no formato exato, com bico e tudo. Ficava numa bandeja, cercada de uma dúzia de copinhos.

— E para que servia?

— Para guardar licor que ela fazia. Licor de cacau, jenipapina, que é licor de jenipapo, e muitos outros. Ficava tudo isso guardado dentro da cristaleira, que era o armário de guardar vidros e cristais.

— Tudo guardado lá dentro?

— É, mas dava para se ver bem, porque a cristaleira era forrada de espelhos e a porta era de vidro, a gente via tudo. Mas não pense que era qualquer vidro, não. Era cristal verdadeiro, *bisotê*...

— O quê? Do Bisavô?

Ela ria:

— Não, meu amor, *bisotê* eram os cristais e espelhos trabalhados, formando desenhos, hoje em dia não se usa mais, é uma pena...

— Ai, Bisa Bia, o pessoal no seu tempo também complicava demais, cada palavra esquisita, chega! E aposto que precisava de um mundão de gente para lavar isso tudo, e deixar limpo, ainda mais sem aspirador, detergente, máquina de lavar, tudo isso... Só de pensar na trabalheira, já fico com vontade de sumir! Vamos lanchar!

E lá fomos nós, felizes da vida. Ou lá fui eu, que ninguém vê mesmo Bisa Bia comigo, e eu não sou maluca de sair falando com ela pelo meio da rua... Já pensou na onda que a turma ia fazer?

Meninas que assoviam

Como eu já disse, os papos explicativos com Bisa Bia podem ser muito divertidos. Mas tem horas em que ela torra a paciência de qualquer um, eu fico com vontade de sumir, mas como é que a gente pode sumir para bem longe de alguém que mora com a gente dessa maneira, bem dentro mesmo? Ainda mais desse jeito dela, transparente e invisível para todo mundo...

O que mais chateia em Bisa Bia é a mania que ela tem de dar conselhos, como se ela fosse a maior e soubesse de tudo, só porque viveu mais tempo (um tempo que nem tinha televisão...). E sempre vem com uma conversa assim:

— Meu coraçãozinho, eu estou falando é para o seu bem... Um dia, você vai crescer e vai me dar razão...

Ou então:

— Escute o que eu estou lhe dizendo, aprendi com a minha experiência...

— Por isso mesmo, ué, se eu não puder fazer a minha experiência, como é que vou aprender? — bem que eu respondo às vezes.

De tanto ela falar em experiência, experimentei tapar os ouvidos com algodão, mas não deu certo, porque a voz dela vem de dentro de mim. Aí resolvi cantar bem alto, mais alto do que ela, e canto uma música que eu mesma inventei:

Experimenta
Experimenta
Quem não pimenta
Nunca se esquenta
Quem nunca tenta
Jamais inventa
Experimenta
Experimenta

Com a minha música cantada bem alto, a voz dela fica mais baixinha e dá para eu ir em frente fazendo o que quero, sem que ela se intrometa muito. Mas, um dia, eu estava com dor de garganta, no começo de uma gripe que depois virou uma tragédia. Em vez de cantar, assoviei. Aí, bem, foi outro deus-nos-acuda! Sabe o que foi que Bisa Bia disse? Foi isto:

— Meninas que assoviam e galinhas que cantam nunca têm bom fim...

— Pois fique sabendo, Bisa Bia, que toda galinha que eu já vi é galinha que canta.

— Pois fique sabendo, Isabel, que todas elas acabaram na panela. É ou não é?

Provavelmente, é. Tive que concordar. Mas acho que, mesmo que não cantassem, iam acabar na panela. Ela acha que não, porque então ninguém ia saber que havia galinha solta ali por perto. Por perto de onde? Por perto da casa... Só que hoje em dia a gente mora em apartamento e galinha já é criada mesmo em granja, para acabar na panela... Pronto! Fui começando a discutir e de repente percebi que Bisa Bia já tinha me enrolado de novo, ela é uma danadinha. Quer dizer, conseguiu o que queria: eu tinha parado de assoviar e estava prestando atenção na conversa dela. Então, já que era assim, pelo menos podíamos conversar sobre o assovio:

— E que mal tem assoviar? — desafiei.

— Não tem mal nenhum, meu bem.

— Você não disse que assovio acaba mal? — insisti.

— Eu não disse isso. Você não entendeu bem.

E, sempre muito calma, Bisa Bia completou:

— O que é muito feio não é o assovio. É uma menina assoviando, uma mocinha que não sabe se comportar e fica com esses modos de moleque de rua.

Pronto! Pra que é que ela foi dizer isso? Bem nesse momento, parecia que tinha uma voz dentro de mim, bem fraquinha, mas bem nítida, me dizendo assim:

— Faça o que você bem entender! Não deixe ninguém mandar em você desse jeito.

Era justamente o que eu queria ouvir. Aí nem hesitei. Xinguei um palavrão bem xingado (nem era dos piores, mas é que qualquer palavrinha pode ser um horror para os delicados ouvidos de Bisa Bia) e saí pela rua assoviando, vestida na minha calça desbotada, calçada nos meus tênis, chutando o que en-contrava pela frente. Bem moleca mesmo. Num instante estava encarapitada no muro, vendo aquela chata da Marcela, toda frosô, arrumada numa roupa de butique, fivela de florzinha

no cabelo, falando mole, cheia de nhenhenhém, jogando sorrisos para o Sérgio. Ai, eu não aguento! Puxa, se eu não tivesse demorado tanto tempo na discussão com Bisa Bia, tinha chegado antes dela...

Mas Sérgio me viu e veio falar comigo. Como não tinha nenhum menino por perto, ele estava ótimo, simpático, amigão:

— Oi, Bel, que música é essa que você estava assoviando? Gostei...

— É uma música minha. Quer dizer, fui eu que inventei.

— Eu podia tirar na flauta...

— Tudo bem. Eu canto pra você, bem explicada.

Aí a chata da Marcela interrompeu:

— Vocês já viram como está cheinho de goiaba no quintal da Dona Nieta? Pena que ela está viajando, nem dá para a gente pedir, né?

— Não faz mal — disse o Sérgio —, ela sempre dá mesmo, a gente pode ir lá e pegar. Depois, quando ela voltar, é só contar. Já fiz isso uma vez e ela disse que podia.

— Mas como é que vamos abrir o portão para entrar? E a garagem também está trancadinha — a voz da Marcela parecia um chorinho de neném. — Não vai dar...

— Você vai de carro, é? Precisa de garagem? — perguntei.

— Tem medo de cansar sua beleza, é?

— É que Dona Nieta guarda na garagem aquela vara com um saquinho na ponta, para tirar goiaba — explicou Marcela.

— E quem precisa de vara? A gente sobe na goiabeira... — foi dizendo o Sérgio.

— E o portão?

— Ué, pulamos o muro... — completei eu.

— Eu não posso — explicou Marcela. — Mamãe disse para eu não me sujar, que ia estragar minha roupa toda. E eu nem sei fazer essas coisas de moleque...

Dentro de mim, a voz de Bisa Bia recomeçava, fazendo coro com Marcela, lembrando um monte de coisas que não ficam bem para uma mocinha, etcétera e tal. O jeito era assoviar bem alto, enquanto calculava a altura do muro. Mas ainda deu para ouvir Sérgio dizer para Marcela:

— Não faz mal, não, Marcelinha... Você fica aqui numa boa, eu vou lá num instante e trago uma goiaba para você. Não vale mesmo a pena sujar a roupa, nem se arriscar a cair... Me espera que eu já volto.

Marcelinha... Desaforo! E eu? Onde é que eu ficava nisso? Fingi que não tinha ouvido e fui em frente. Pulei para o quintal do outro lado. Sérgio pulou atrás. Até aí tudo bem. Foi nesse momento que ouvimos os latidos. Sérgio gritou:

— O cachorro está solto! Corre depressa para a goiabeira, Bel, senão ele te pega!

E dentro de mim, Bisa Bia acrescentou:

— Eu não disse? Meninas que assoviam nunca têm bom fim...

Mal deu tempo para que eu respondesse ao Sérgio:

— Corre nada... Se der uma de medroso, aí mesmo é que você se ferra. É o Rex, cara... Devagar...

Claro que dava medo. O Rex é um pastor-alemão daqueles grandalhões. Mas agora ele era meu amigo, e isso o Sérgio não sabia. Desde que Bisa Bia tinha vindo morar comigo, nós duas tínhamos pegado o costume de vir, de vez em quando, lanchar com Dona Nieta. Merendar, como ela e Bisa Bia diziam. Era uma delícia! Geralmente tinha chá ou chocolate, geleia de goiaba feita em casa e uma porção de gulodices: sonhos, sequilhos, biscoitinhos de vários tipos. E tinha toalha bordada, e tinha guardanapo redondo, e tinha coador de prata, e tinha tanta coisa do tempo de Bisa Bia que ela ficava toda contente... Dona Nieta, então, se desmanchava de sorrisos, achando graça de ver uma menina como eu perdendo tempo com uma velhinha feito ela, como ela dizia. Mas a gente conversava muito, do tempo de antigamente. Ela era a única pessoa com quem eu já tinha falado um pouquinho de Bisa Bia, e acho até que ela entendeu. Porque nesse tal dia, ela foi até o armário, tirou um álbum cheio de fotografias sépias, e mais outros retratos montados em molduras ovais de cartão em relevo (foi ela quem me explicou que era assim que se chamava o tal papel inchadinho) e ficamos um tempão vendo as fotos. Depois, ela abriu o piano, que tinha um castiçal preso de cada lado, tirou um feltro que cobria o teclado, e ficou tocando valsas, toda sonhadora. Bisa Bia ficou tão feliz, parecia até que queria sair dançando... Enquanto isso, eu ficava só fazendo festinha na cabeça do Rex. É claro que agora, quando ele viu que era eu, quis cumprimentar. Foi só fazer um agrado e sossegar a fera:

42

— Oi, amigão, sou eu, tudo bem, calma, calma, não vai acontecer nada, viemos só pegar umas goiabinhas, nada, nada de mais... Pronto, pronto, calma...

Eu fazia carinho no pelo do cachorro, abraçava o bichão e o Sérgio me olhava com cada olho arregalado... Aí eu disse para ele:

—Pronto, vamos indo, de-vagar. Sem correr. Nada de medo.

Num instante estávamos su-bindo na goiabeira. Lá em cima, depois de devorarmos as primei-ras goiabas, Sérgio me olhou de novo e disse:

— Puxa, Bel, você é a menina mais corajosa que eu já conheci!

Fiquei quieta, o coração batendo forte. Ele continuou:

— E você sobe em árvore feito um menino.

Só ouvi a voz de Bisa Bia:

— Viu só? Ele acha você parecida com um menino. Homem não gosta disso. Agora ele fica pensando que você é um moleque igual a ele e vai levar uma goiaba de presente para aquela menininha bem arrumada e penteada que está esperando quieta na calçada... Finge que se machuca, sua boba, assim ele te ajuda. Chora um pouco, para ele cuidar de você...

Eu já ia começar mesmo a fingir — e nem era tão fingido, porque pensar na Marcela me dava de verdade um pouco de vontade de chorar —, quando ouvi aquela outra voz, a fraquinha, a mesma que já tinha dito para eu assoviar quando tivesse vontade. Só que agora ela dizia assim:

— Não finge nada. Se ele não gosta de você do jeito que você é, só pode ser porque ele é um bobo e não merece que você goste dele. Fica firme.

Preferi esse conselho. Não estava entendendo nada dessa nova voz, quem seria? Mas fiquei firme. E encarei o Sérgio, que ia chegando cada vez mais perto de mim. Aí, sabe o que foi que ele disse?

— Você é mesmo a menina mais legal que eu já conheci, não é feito essas bobonas por aí, que parece que vão quebrar à toa. Tem horas que eu tenho vontade de casar com você quando crescer. Pelo menos, assim meus filhos não iam ter uma mãe chata feito tantas que têm por aí.

Eu ainda nem tinha recuperado do susto de ouvir isso, quando Sérgio fez um carinho no meu cabelo e me deu um beijo. Aí, pronto, meu coração pulou tanto que eu perdi o equilíbrio. Vi que ia cair, tentei agarrar o galho, agarrei o Sérgio e caímos juntos. Morrendo de rir, enquanto nos abraçávamos e o Rex nos lambia, na maior confusão. Mas foi também me dando uma vontade de chorar de felicidade. Achei que não podia dar a ninguém esse gostinho de me ver chorar, nem a ele, nem a Bisa Bia, nem a Marcela, aquela pastel, aquela goiabona esperando lá fora... Aí lembrei, e na mesma hora fui disfarçando, entrando com outro assunto:

— Não esqueça a goiaba da Marcela. Você prometeu.

— Ih, é mesmo. Vou pegar essa aqui do chão mesmo. Só que está bichada — reparou ele.

Ainda impliquei:

— Se não serve, suba na goiabeira para buscar outra...

— Eu, não.

E foi assim que Marcela Marcelinha ganhou uma goiaba velha velhinha, bichada bichadinha. E enquanto ela reclamava com aquela voz de choro chorinho, fui para casa com o coração sambando aos pulos. Cada pulo pulão.

Um espirro e uma tragédia

Nem é preciso contar que fiquei na maior felicidade com essa descoberta do Sérgio. Mas vou contar sim, porque não aguento guardar esse segredo. De qualquer jeito, não é tão segredo assim, porque Bisa Bia também sabe, é claro. E também é claro que ela logo veio com um monte de conselhos:

— Menina de sua idade não devia estar pensando em namoros, isso não fica bem. Menina de sua idade deve é brincar de roda, fazer comidinha, pular amarelinha, costurar roupa de boneca...

— Ué, mas você não vive dizendo que eu sou uma mocinha?

— É só modo de dizer...

— E no seu tempo as mocinhas casavam com quantos anos, Bisa Bia?

— Ah, não sei, não lembro, esqueci...

Ela é assim. Quando não quer lembrar, diz que não lembra. Mas eu não sou nada esquecida. E disse:

47

— Outro dia você falou que, às vezes, era com treze anos. Então já está na hora de eu começar a pensar em namorar, estou muito atrasada...

— Isso era antigamente. E naquele tempo a gente não namorava.

— Não namorava? E casava?

— Isso mesmo. Casava com quem os pais resolviam.

Até pensei que ela estava brincando comigo. Mas ela falava bem a sério e até ia continuando:

— Mesmo hoje em dia, é muito importante que as famílias estejam de acordo com um casamento.

Ouvi a tal vozinha fraquinha me dizendo qualquer coisa lá dentro, mas era tão baixo que nem consegui descobrir o que era. Respondi sem palpite mesmo:

— Olha, Bisa Bia, quer saber de uma coisa? Isso tudo foi muito antigamente. Hoje em dia, é justamente o contrário. Menina do meu tamanho não casa, não. Mas namora, se quiser, sabe? Namoro de menina, que é diferente de namoro de mulher maior, mas é namoro, sim. E, na hora de casar, não são mais os pais que resolvem. É a gente mesma. Estamos inventando um jeito novo pra essas coisas, sabe?

Eu não disse que Bisa Bia é um amor? Ela ficou um tempo em silêncio, depois disse:

— Escute, Bel, eu não estou acostumada com isso, não sei como é que é. Mas se você diz que é assim, deve ser verdade, porque uma bisneta minha não ia mentir. Só que, então, existe um problema.

— Qual?

— Se você está querendo namorar, minha querida, precisa aprender. Porque do jeito que você está fazendo, está tudo errado.

Achei melhor cortar logo:

— Mas está dando certo, Bisa Bia. Vê se desta vez você não se mete, não, tá?

Como eu pedi, ela não se meteu. Quer dizer, durante alguns dias. Muito poucos dias. Porque logo na quarta-feira, ela não aguentou mais. Eu estava gripadíssima e tinha ficado desde domingo sem sair de casa, louca para ir ao colégio, ver a turma (principalmente ver o Sérgio), e não podia sair. Finalmente, mamãe me deixou ir, toda agasalhada, cheirando a remédio e com uma maçaroca de lenço de papel no bolso do casaco. Mas, de qualquer jeito, lá ia eu. Logo na entrada, passei pelo Sérgio, que conversava com os amigos perto do portão. Todo mundo deu um *oi!*, mas eu reparei que o dele foi muito mais assim:

— Oi!!!!!!!!

Fiquei na maior felicidade. Era a primeira vez que ele sorria tanto para mim na frente dos amigos. Disfarcei a alegria e fui conversar com Adriana:

— Como é? Que foi que andou acontecendo por aqui enquanto eu faltei?

— Nada muito importante. O professor de Matemática deu um teste-surpresa e todo mundo se deu mal. Ah, e Dona Sônia perguntou muito por você, disse que tem uma surpresa.

— Será um teste de História? — brinquei. Mas sabia que não devia ser, e fiquei curiosa.

Enquanto conversávamos, os meninos vinham chegando mais perto. Meu coração batia mais forte, cutum-cutum-cutum, como se cada passo do Sérgio fosse uma batida. Aí, aconteceu uma tragédia: espirrei. Um escândalo:

— AAAAAAAAAATCHIM!!!!!!!!!

Você deve estar me achando uma exagerada. Afinal de contas, espirrar não é uma tragédia, todo mundo espirra quando está resfriado ou tem alergia. Eu sei. Mas é que, dessa vez, foi mesmo um espirro trágico. É que, assim que espirrei, precisei de um lenço. Toca a procurar os meus no bolso do casaco. Não achava. Cada vez precisava mais deles e estavam mesmo sumidos. O nariz ia escorrer, já estava começando, e nada de achar os lenços, eu tinha certeza de ter trazido, onde podia ter perdido?, meu Deus, que aflição!, ia escorrer mesmo, já estava escorrendo, o melhor era sumir dali, mas não deu tempo... Aquele insuportável do Fernando resolveu se manifestar:

— Não adiantou nada você ficar em casa todos esses dias, hem, Bel... Não deu tempo nem para tomar banho. Olha só, pessoal, que cara mais suja de meleca...

Fiquei com tanta raiva que nem tive a ideia de dizer que meleca é dura ou que, pelo menos, a minha estava no nariz e a dele não pode escorrer porque está no lugar do cérebro, ou qualquer coisa assim, sei lá. Tem horas que parece que fico boba, dá vontade de chorar, de sumir de vergonha ou de raiva, e acabo não fazendo nada. E a raiva ainda foi muito maior porque, enquanto eu tentava limpar o rosto na manga do casaco (meu Deus do céu, cadê os lenços?), os meninos todos caíram na gargalhada. Todos. Todinhos. Até o Sérgio, aquele duas-caras, tão derretido quando está sozinho comigo, tão maria-vai-com-as-outras quando está com os amiguinhos lá dele. Não dava mais para aguentar. Saí correndo pelo pátio afora, para me trancar no banheiro e chorar à vontade. Com montes de papel para assoar o nariz quanto eu quisesse. Lá dentro, entre um soluço e outro, fui ouvindo Bisa Bia:

— Os rapazes do meu tempo eram muito diferentes, mais cavalheiros...

Entendi que eram mais *cavaleiros* e não sabia o que isso tinha a ver com a situação:

— Pra que é que alguém precisava de andar bem a cavalo numa hora dessas, Bisa Bia?

— Não, eu disse *cavalheiros*, quer dizer, gentis, educados, solícitos com as damas... Se eu deixasse cair um lenço perto de um namorado, ele logo pegava e vinha trazer para mim com todo o cuidado...

Comecei a desconfiar do que poderia ter acontecido com meus lenços sumidos:

— Bisa Bia, você andou querendo me ajudar, foi?

Dessa vez ela ficou bem silenciosa, como se nem tivesse ouvido minha pergunta. Tive que insistir e esperar um tempão até que ela comentasse, como quem não quer nada:

— Também, usar papel como se fosse lenço, não pode dar certo. Meus lenços eram de linho ou cambraia, engomadinhos, e tinham rendas e bordados.

Insisti, furiosa:

— Não desconversa, Bisa Bia. Podiam ser mais bonitos, mas os de papel são mais higiênicos. E não é isso o que me interessa. Só estou querendo saber se foi você que deixou cair meus lenços.

Ela confessou, toda triste:

— Fui eu, sim, minha querida, com a melhor das intenções. Eu não podia imaginar que fosse acontecer uma coisa dessas. No meu tempo...

Aí estourei:

— Não me interessa o seu tempo! Quando é que você vai entender que hoje em dia tudo é muito diferente? Eu sou eu, vivo no meu tempo, e quero fazer tudo o que tenho vontade, viver minha vida, sacou, Bisa Bia? Eu sou eu, ouviu?

Só que tinha ficado tão furiosa, de verdade, que nem lembrei que toda conversa com Bisa Bia tinha que ser muda, conversa só falada para dentro, que era para ninguém mais ouvir. Se não, iam pensar que eu tinha ficado maluca. Como eu tinha esquecido disso, estava aos berros no banheiro, gritando:

— Eu sou eu! Eu sou eu!

Uma professora estava passando por ali e ouviu — por sorte era Dona Sônia, sempre tão carinhosa. Num instante veio me acudir:

— Que foi que aconteceu? Isabel, não chore, não, filhinha, você nem precisava ter vindo à aula hoje. Coitadinha, deve estar delirando...

E com essa conversa de é *delírio, vai ver que está com febre*, e coisa e tal, acabaram me mandando cedo para casa. Nem precisei entrar em sala para as aulas. Telefonaram para minha mãe vir me buscar, que eu não estava passando bem. Achei que isso era mesmo o melhor. Não ter que enfrentar aquela classe toda reunida. E ainda por cima, deixar todo mundo morrendo de remorso de ter rido de mim. Bem feito!

A dona da voz misteriosa

Voltei para casa com mamãe, de carro, conversando. Falamos de várias coisas e eu quis saber como eram os lenços do tempo dela:

— Eram de pano, minha filha.

— Bordados, rendados, engomados?

Ela me olhou meio de banda, mas logo prestou atenção no tráfego outra vez, enquanto respondia:

— Alguns eram, tão bonitinhos... Mas dava muito trabalho para lavar, passar e engomar. Outros eram estampadinhos. Mas assim que começaram a aparecer os lenços de papel, eu logo aderi, achei a coisa mais prática do mundo. Uma das coisas mais desagradáveis em matéria de trabalho doméstico sempre foi lavar lenço de resfriado. Acho que no nosso tempo a gente deve sempre procurar as coisas mais simples, que permitam economizar nosso esforço, para podermos fazer outras coisas. Esses lenços de que você fala eram lindos, mas eram típicos de uma época em que as pessoas tinham uma porção de empregadas a seu serviço.

Pensou mais um pouco e acrescentou:

— Acho que também eram um sintoma de um tempo em que as mulheres geralmente não trabalhavam fora e ficavam inventando trabalho dentro de casa para se sentirem úteis. Já imaginou que tristeza devia ser passar os dias esperando o marido e os filhos chegarem? Um monte de empregadas e só um trabalho pouco criativo na casa?

Não entendi bem:

— Você acha que trabalho de dona-de-casa é só inventado, mãe? Não é útil?

— Não é isso que eu quis dizer. Acho que me expliquei mal. O que eu acho é que é um trabalho que não transforma o mundo, não melhora as coisas, é só manter como estava, lavar para ficar limpo e depois sujar, cozinhar para comer e depois ter mais fome, sei lá... Claro que educar filho é trabalho que transforma o mundo, mas isso é coisa que pai também faz, e mãe que trabalha fora também...

Fiquei pensando no que ela ia dizendo. Acho que durante alguns minutos não dissemos nada. Até levei um susto quando ela interrompeu o silêncio para voltar ao assunto de antes:

— Mas já que você está interessada, posso te mostrar alguns desses lenços. Se procurar nos meus guardados, ainda acho uns com bordados. Tenho até um que foi de minha mãe, com monograma.

— Monograma? É o quê? Telegrama eu sei, mas monograma?

— Também é com letras... Lenço com monograma é lenço bordado com as iniciais da gente.

Respirei fundo e pedi:

— Você me dá?

— Dou, mas não adianta muito. É bordado com as iniciais da minha mãe, Diná Almeida, e você se chama Isabel Miranda, não serve para nada, só como lembrança. Quem achar um lenço com D.A. não vai pensar que é de uma pessoa que tem nome com I.M.

Aproveitei para perguntar uma coisa que eu sempre quis saber:

— Por que minha avó é Almeida e eu sou Miranda?

— Porque quando sua avó casou, ficou sendo Ferreira, e eu nasci sendo Ferreira. Mas quando casei, fiquei sendo Miranda, que é o sobrenome do seu pai.

— Mas eu quero ter o mesmo sobrenome de você, da vovó e da Bisa Bia.

— Não pode, filha, cada uma de nós ficou com um sobrenome diferente. Mulher quando casa é assim.

— Meu pai, meu avô e meu bisavô, todos têm o mesmo sobrenome?

— Do lado dele, tem... Porque são homens.

— Eu não quero.

— Não quer o quê? Não quer casar?

— Não quero mudar de sobrenome.

— Isso você resolve mais adiante, com seu marido.

Mas eu estava decidida mesmo:

— Não. Já resolvi. O nome é meu. Desde que nasci. Meu marido ainda nem me conhece. Não tem nada com isso.

Mamãe olhou para mim com atenção e perguntou:

— E por quê, Bel?

— Porque eu sou eu, ora.

Eu tinha gostado da frase. Do meu delírio, como disseram na escola. Acho que essa frase do meu delírio vai ficar sempre comigo. Mas lembrei do lenço. Voltei ao assunto:

— Mãe, você borda um lenço para mim?

— Até pode ser, acho uma delícia bordar, mas ando muito sem tempo, só quando passar o concurso.

Minha mãe é arquiteta e anda metida no concurso de um projeto para um hospital novo. Passa o tempo todo na prancheta com dois colegas, desenhando, passando a limpo, calculando, às voltas com aquela imensa régua T (régua de arquiteto, sabe?, não é monograma de ninguém), e um papel transparente que se chama papel vegetal, mas não nasce em árvore nem dá flor. Só sei que, enquanto não acabar esse tal

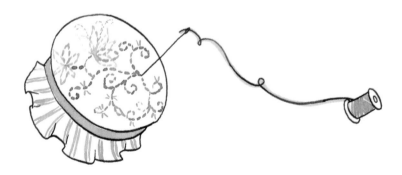

projeto para esse tal concurso, essa tal minha mãe anda muito sem tempo para tudo. Por isso, fiquei meio triste, mas sabia que não adiantava nada. Aí ouvi Bisa Bia de novo:

— Pede para ela te ensinar.

Boa ideia! Resolvi arriscar:

— Será que dá tempo para você me ensinar? Aí, se eu aprendesse, eu mesma podia bordar.

— Que bom, minha filhotinha! A gente pode aproveitar esses dias que você vai mesmo ter que ficar de repouso em casa. Eu te ensino. Garanto que num instante você aprende. Que ideia divertida!

Foi mesmo. Como lenço é coisa muito pequena, com ponto muito miudinho, e ia ser difícil, começamos com uma toalha de prato, em ponto de cruz maior, mais fácil. Aprendi num instante, um risco que tinha uma holandesa e um moinho de vento, lindo, lindo, com um monte de flores de cores alegres espalhadas pelo chão. Fiquei contando as cruzes e bordando, enquanto mamãe voltou para a prancheta dela. Bisa Bia ficou toda feliz:

— Isso, sim, é comportamento de uma mocinha bonita! Estou gostando de ver esta senhora minha bisneta, tão jeitosa...

Eu ainda estava meio chateada com ela e fiz de conta que nem tinha ouvido. Ela pediu desculpas:

— Meu benzinho, não fique aborrecida com sua bisavó porque eu deixei cair seus lenços na escola. Minha intenção era a melhor possível. Eu só queria ajudar... Queria que o Sérgio apanhasse o lenço do chão e viesse lhe entregar, começasse a conversar com você, que você pudesse sorrir para ele, tudo isso...

Continuei sem dizer nada. Mas aí ouvi bem mais forte aquela outra voz que de vez em quando me falava. E, desta vez, prestei bastante atenção:

— Bisa Bia, a senhora me desculpe, mas não é nada disso. Bel não precisa fingir para ele. Aliás, ninguém tem nada que fingir para ninguém. Se ela estiver com vontade de falar com alguém, vai lá, ou telefona, e fala. Pronto. É tudo tão simples, para que complicar?

— Isso mesmo — concordei, animada.

A voz continuou, agora falando comigo:

— E você aí, deixe de ser boba, perdendo seu tempo, espetando agulha num pano, só para agradar um bobalhão que ri de você, só para bancar a menininha fina. Para que fingir? Tem horas que não dá mesmo para fingir. Largue isso e vá fazer alguma coisa útil.

Foi a vez de me chatear com ela:

— Não se meta onde não é chamada. Nem sei quem você é, e fica aí dando palpite na minha vida. Pois fique sabendo que não estou perdendo tempo nenhum, estou descobrindo que gosto muito de bordar, como gosto de patinar, de ler, de dançar, de ver televisão, de ir à praia, de brincar na calçada, de fazer um monte de coisas... E não estou fazendo isso para agradar a ninguém. Só a mim mesma.

Pensei mais um pouco e acrescentei:

— Também não tenho muita certeza se o Sérgio é um bobalhão. Às vezes, acho que bobalhona sou eu, que gosto dele. Às vezes, acho que nós dois somos mesmo um pouco bobos. Todos dois. E outras vezes, acho que nenhum dos dois é

bobo, é só um jeito de ser, ainda não tenho certeza de nada. E tem mais: não quero saber de gente que se mete na vida dos outros sem dizer quem é. Afinal, que é que você quer?

Juro que ouvi uma risadinha antes da explicação. Explicação que foi começando assim:

— Calma, Bisa...

— Bisa é ela — respondi —, não confunda. E é minha Bisa, não é sua.

A outra respondeu:

— Sei disso muito bem. Você é que é minha Bisa. Bisa Bel, uma gracinha de menininha de *short* e tênis, que eu encontrei nos guardados de minha mãe, numa foto velha e mandei fazer uma holografia Delta... E ela é sua Bisa Bia, a menininha que também está lá, no retrato que você segura na mão.

Aí mesmo é que não entendi nada. Como é que eu podia ser bisavó de alguém sem saber? Que era holografia Delta? E como é que eu podia segurar o retrato de Bisa Bia se ele estava perdido e eu sabia disso muito bem, mesmo com toda aquela história bonita dizendo que ele tinha virado tatuagem transparente pelo lado de dentro de mim? Tem horas que nem dá mesmo para fingir. Isso, a menina tinha dito — e nisso ela estava certa. Esta era uma dessas horas. Bisa Bia mora dentro de mim, sim, é verdade. Como isso aconteceu, eu não sei. Mas o retrato, eu perdi. Isso eu sei. Para mim mesma, não posso fingir. Com tantas perguntas na cabeça, nem sabia o que perguntar primeiro à dona da voz. Acabei fazendo a pergunta mais boba que veio à minha cabeça:

— Qual é seu nome?

— Beta. Sou sua bisneta.

Essa não. Agora eu tinha que continuar, saber mais. Perguntei:

— Como é que pode?

— Eu moro daqui a muito tempo, em outro século. Outro dia, minha mãe — que é sua neta — estava dando uma geral, arrumando as coisas dela, e eu encontrei uma foto antiga, com uma menina que era a coisa mais fofinha deste mundo: VOCÊ!

Fiquei espantadíssima. Beta continuou:

— Aí, mandamos fazer uma holografia Delta e então...

— Espera aí, antes que você continue, me explique o que é essa tal de holografia...

— Fotografia você sabe o que é, não sabe? Pois bem, holografia é uma espécie de fotografia em três dimensões, que a gente pode dar a volta em quem está holografado e ver as costas, os lados, tudo, como se fosse de verdade. No seu tempo já tem, mas mamãe explicou que só em alguns lugares, e precisa de uma máquina enorme, especial, numa sala inteira, só para isso. Mas no meu tempo a gente pode tirar holografias em máquinas pequeninas, que cabem no bolso. E pode até tirar holografias Delta, que são as holos de retratos, quadros e desenhos antigos, que não eram em três dimensões — feito o tal seu, que serviu para tirar a sua holografia Delta em que eu entrei. Parece que foi tirado no colégio...

— Não pode ser. Se eu estou com o retrato de Bisa Bia, então não pode ser verdade, nunca tirei nenhuma foto com a dela na mão...

Já chorando, expliquei mais:

— Eu perdi o retrato dela...

— Sei lá como é que pode, mas só sei que eu vi. E fiquei gostando tanto de você e dela, que vim visitar vocês, mesmo sabendo do perigo.

Para que falar em perigo? Bisa Bia era toda assustada, não podia ouvir essas coisas, ficou logo querendo saber:

— Perigo? Que perigo?

Neta Beta respondeu:

— Se eu ficasse só vendo vocês, quietinha, não tinha perigo nenhum. Mas se eu falasse — como acabei falando —, corria o risco de que você me ouvisse, Bisa Bel. E então...

— E então, o quê? — perguntei, preocupada.

— E então, um pouco de mim vai ficar para sempre morando dentro de você...

— Junto comigo? — quis saber Bisa Bia. — Será que tem lugar?

— Tem que ter — confirmou Neta Beta. — E, pelo jeito, a gente vai discutir um bocado.

Confesso que eu estava gostando tanto da ideia que bati palmas.

— Mas temos uma coisa em comum, minha querida — percebeu logo Bisa Bia. — Nós duas gostamos muito, muito de Bel, e só queremos o bem dela.

— Isso é verdade — disse Neta Beta. — Mas os nossos palpites são tão diferentes... Como é que ela vai saber quem tem razão?

Essa é uma coisa, por exemplo, em que Neta Beta tem

toda a razão. Impossível saber sempre qual o palpite melhor.
Mesmo quando eu acho que minha bisneta é que está certa,
às vezes meu coração ainda quer-porque-quer fazer as coisas
que minha bisavó palpita, cutum-cutum-cutum, com ele... Mas
também tem horas em que, apesar de saber que é tão mais
fácil seguir os conselhos de Bisa Bia, e que nesse caso todos
vão ficar tão contentes com o meu bom comportamento de
mocinha, tenho uma gana lá de dentro me empurrando para
seguir Neta Beta, lutar com o mundo, mesmo sabendo que
ainda vão se passar muitas décadas até alguém me entender.
Mas eu já estou me entendendo um pouco — e às vezes isto
me basta.

Trança de gente

Quando, depois de mais alguns dias, voltei novamente às aulas, já estava mais acostumada com minhas duas companheiras, Bisa Bia e Neta Beta. Mas só um pouco. Tem coisas que sempre vão me espantar, eu acho. Por exemplo, a ideia de ter uma bisneta, já imaginou? Às vezes a gente fala que quando crescer vai ter isso ou vai ser aquilo, mas nunca imagina muito que vai ter uma bisneta cheia de ideias ou que vai ser bisavó. Eu, pelo menos, nunca tinha pensado nisso. Mas agora, que já pensei, tenho mais cuidado, que é para Beta não se envergonhar de mim, nem ficar chateada com umas coisas minhas muito antigas, como eu me zanguei com a tal história de Bisa Bia perder meus lenços só para chamar a atenção de um garoto que ainda por cima nem foi capaz de me defender. Mas também tem outra coisa: quando eu começo a ficar muito moderna, muito decidida, a me sentir muito forte e muito capaz de enfrentar tudo, às vezes me dá uma "recaída de bisavó", como Neta Beta chama. Quer dizer, quero dengo, descubro que sou fraca numas coisas, tenho vontade de pedir colo e procurar alguém que me ajude, passe a mão na minha cabeça e tome conta de mim um pouquinho. Não dá para ser mulher-maravilha. Pelo menos, não dá o tempo todo, sem fingir. Vou descobrindo que dentro de mim é uma verdadeira salada.

No dia em que voltei às aulas, foi bem assim, com tudo misturado. Tinha vontade de rever os amigos, estava com saudades deles. Mas também estava com vergonha, com medo de que rissem de mim. Aí, quando lembrava do vexame, ficava com raiva deles. Tudo muito confuso.

Mas ninguém estava nem lembrando da história do lenço perdido e do nariz escorrendo. O assunto geral eram os novos alunos, um casal de gêmeos, que tinham voltado ao Brasil depois de terem morado um tempão em uma porção de países, Chile, Itália, Alemanha, sei lá mais onde. Só se falava neles:

— Você vai ver só, Bel, como eles são diferentes...

— Mas afinal, Adriana, eles são chilenos ou italianos?

— São brasileiros. Os pais deles eram exilados, mas são brasileiros. E agora voltaram.

— E como é que eles são diferentes? Sempre ouvi dizer que gêmeos são iguais...

— Não, eles até que se parecem um com o outro. Um pouco só, mas parecem. Como dois irmãos que não fossem gêmeos. Mas eles são diferentes é de nós. Pra começar, falam um pouco engraçado, com um pouco de sotaque, mas só um pouquinho. E às vezes misturam umas palavras estrangeiras na conversa.

— E que mais?

— Que mais? Eles não têm empregada, porque a família mesmo é que faz tudo, eles preferem assim, já imaginou?

Difícil imaginar, num primeiro momento. Claro, a gente sabe que tem gente que não tem empregada porque não pode. Mas porque prefere? Aí ouvi a voz de Neta Beta:

— Grande coisa! Um espanto é essa gente que não sabe fazer nada sem empregada... Deus me livre de ser patroa de alguém... Esse tempo já ficou muito pra trás...

Mas como Adriana não ouviu, continuou:

— A mãe e o pai trabalham fora, e os gêmeos preparam o almoço deles sozinhos, fazem a cama, tudo isso...

— A gêmea, você deve estar querendo dizer... Como é que ela se chama?

— Maria, e ele é Vítor. Mas são os dois mesmo que fazem. O Vítor sabe cozinhar, Bel. E Maria sabe consertar tomada. Aliás, ela sabe consertar um monte de coisas. Outro dia até trocou a corrente da bicicleta do Fernando, se eu não visse não acreditava. Todo mundo está adorando os dois, são uns amigões...

Neta Beta ainda disse:

— Grande coisa! Eu também sei consertar mil coisas, tenho banca de carpinteiro, adoro mecânica...

Mas não deu tempo para muita conversa mais, porque a sineta já estava batendo para o início das aulas. Pelo corredor, a caminho da sala, encontrei os dois novos colegas. Maria foi logo dizendo:

— Você deve ser a Bel, né? Ficou boa, afinal?

— Fiquei sim, obrigada. Como é que você me conhece?

— Por duas coisas: primeiro, porque só faltava conhecer você, da classe toda. Segundo, por causa do retrato.

Mas aí, já estávamos entrando em sala, ia começar a aula, e eu ia ter que esperar o intervalo para que ela me explicasse que retrato era esse.

Não precisei esperar. A aula era de História e Dona Sônia ficou toda satisfeita em me ver de novo. Foi logo anunciando:

— Estávamos todos aguardando a sua volta, Bel, para uma surpresa. Venha cá.

Levantei meio sem graça e fui até a mesa dela. Seria o tal teste? Não era. Sabe o que era? Você nem imagina:

— O retrato de sua bisavó — disse ela, me entregando a foto.

Fiquei tão espantada que nem consegui falar. Dona Sônia continuava:

— Você deve ter deixado cair na calçada, brincando. Um dos meninos encontrou e pensou que era da minha coleção, veio me entregar. Ainda bem que eu tinha visto bem a fotografia, reconheci logo, sabia que era sua. Eu já trouxe há dias para lhe dar, mas como você faltou à aula, tive que esperar...

Eu ainda estava meio sem reação, era bom demais para ser verdade!

— Outra coisa — continuou Dona Sônia — que queria resolver com você é o seguinte: enquanto você faltou, tirei fotos de todos os alunos. Só não pude tirar a sua. Hoje é sua vez, até que enfim. Venha até aqui perto da janela, que está mais claro.

Lá fui eu ser fotografada com o retrato de Bisa Bia na mão. Neta Beta não me deixava em paz:

— Eu não disse? Era bem assim a foto que estava nos guardados da mamãe... Você de *short*, uma meia mais baixa que a outra, e essas trancinhas, segurando Bisa Bia...

Engraçado: eu ainda ia tirar a foto, logo, logo, mas ainda no futuro, e isso já era uma lembrança para minha bisneta, uma coisa lá no passado.

Dona Sônia me fotografou e, assim que voltei para meu lugar, continuou:

— Isabel, tem outra novidade. Eu mostrei à turma o retrato de sua bisavó e todo mundo começou a trazer retratos dos bisavós também. Então, resolvemos fazer uma pesquisa sobre o tempo em que eles viveram. Vamos passar algumas semanas estudando esse tempo, o final do século passado, o começo deste... Que é que você acha?

Eu estava tão feliz de ter achado o retrato de Bisa Bia que não conseguia achar nada para falar. Ainda mais agora, com essa boa ideia, de ficar sabendo montes de coisas do tempo dela, ah!, ia ser ótimo!... Foi me dando um nó na garganta, uma vontade de chorar de alegria, de emoção, sei lá, nem consigo explicar. Aí, de repente, reparei que Vítor, o novo aluno, também estava disfarçando e enxugando uma lágrima no canto do olho. Não entendi por quê. Ainda bem que Dona Sônia não esperou minha resposta nem reparou no choro do Vítor (que menino mais esquisito... será que ele nunca ouviu falar que homem não chora?) e foi começando a aula, contando que havia escravos no tempo da minha bisavó, que os escravos tinham donos, como se fossem coisas, trabalhavam a vida inteira sem descanso, não tinham salário, não tinham direitos, enfim, uma porção de coisas assim, algumas até que a gente já tinha ouvido falar mas nunca tinha reparado direito.

De repente, quando ela perguntou se alguém tinha alguma dúvida, queria fazer uma pergunta ou algum comentário, o Vítor levantou a mão e, ainda com um jeito bem emocionado, começou a falar:

— Sabe, Dona Sônia, me deu um aperto no coração quando a senhora começou a falar na bisavó dela, porque eu comecei a pensar no meu avô e descobri que estou com muita vontade de falar dele. Posso?

— Claro que pode, Vítor.

— Vocês sabem que nós moramos muito tempo fora do Brasil. Por isso, eu conheci pouco o meu avô, porque ele ficou aqui. Mas conheci muito bem. Quando nós fomos para o exílio, éramos muito pequenos e não lembramos de quase nada. Mas ele foi lá nos visitar algumas vezes. Depois, a gente sempre se escrevia, às vezes falava no telefone. E ele morreu enquanto nós estávamos lá longe, nunca deu para a gente curtir avô direito, e isso dá muita saudade, muita tristeza, essa vontade de chorar, até hoje.

Puxa! Ele enxugou outra lágrima! Não tinha medo de que ninguém risse dele... Na mesma hora descobri que o Vítor era o menino mais corajoso que eu já tinha conhecido. Tinha até coragem de chorar na frente da turma toda!

Mas ele continuava:

— Lembro de uma noite, quando nós estávamos em Roma e ele tinha ido nos visitar. Era na véspera do embarque dele de volta para o Brasil. Maria e eu queríamos viajar com ele, queríamos que papai e mamãe também voltassem para a terra da gente, estávamos todos meio tristes... Eu não entendia por que não podíamos voltar. Aí vovô explicou que um dia íamos poder, mas falou que quem quer construir os tempos novos geralmente não é compreendido, é perseguido e sofre muito, e era isso que estava acontecendo com meus pais. Aí ele contou muita coisa da História do Brasil e do mundo. Disse que no tempo dele já tinha sido melhor do que no tempo do pai dele, não tinha mais escravos, os trabalhadores já recebiam salário, mas ele se lembrava de que, quando era pequeno, na cidade dele (que era cheia de fábricas), os trabalhadores ficavam nas máquinas quatorze ou dezesseis horas por dia — nem lembro mais — e não podiam fazer greve também, criança pequena trabalhava, uma porção de coisas assim. Eu não lembro direito, porque isso tudo ficou muito misturado na minha cabeça, quer dizer, os detalhes da conversa, quando foi que cada coisa foi mudando. Conversamos muito sobre isso e não dá para lembrar tudo. Mas nunca vou esquecer o brilho dos olhos do meu avô quando me falava dessas coisas. Nem vou esquecer também que essa foi a primeira vez que eu vi meu pai chorar, enquanto escutava o papo do vovô.

Até na gente, que não era da família nem nada, estava dando uma vontade de chorar. Era só ouvir o jeito emocionado do Vítor contando essas coisas acontecidas há alguns anos numa noite fria, lá longe do Brasil, no outro lado do mar, numa conversa com um velho que não existia mais.

— Nesse dia eu entendi que vovô ia sempre existir dentro de mim — continuava ele, como se estivesse lendo meus pensamentos. — Depois de muito papo, vovô disse que cada vez nós tínhamos que fazer força para melhorar, para deixar um mundo melhor para nossos filhos, como papai fazia no trabalho de jornalista, e como mamãe fazia dando as aulas dela. Disse que estava muito orgulhoso dos meus pais e que o exílio estava sendo uma espécie de preço que a gente estava pagando para que o futuro fosse melhor, que havia muita gente pagando esse preço e outros preços mais duros ainda, mas que ia valer a pena... Agora, quando a gente falou da bisavó da Isabel, fiquei com saudade do meu avô, com pena de pensar que ele morreu antes da festa da nossa volta. Mas eu vi também como, em algumas coisas, nosso tempo já está sendo melhor do que o dele. E fiquei pensando nisso: como vai ser o mundo dos nossos netos? E dos nossos bisnetos? Acho que a gente podia pesquisar isso também. Era isso o que eu queria dizer.

Disse. E sentou.

Primeiro, a turma ficou em silêncio. Depois, foi um falatório. Todo mundo achando a ideia ótima. Ficar inventando como o mundo pode melhorar um pouquinho com cada um, já pensou?, pai, filho, neto, bisneto... E como pode aproveitar o que cada um já fez antes para melhorar, pai, avô, bisavô, tataravô, tatatataravô, até perder de vista... Estudar o futuro, já imaginou? Muito melhor do que ficar sempre amarrada no passado, feito a escola está sempre fazendo.

— Então, está bem — Dona Sônia encerrava a aula, tinha passado tão depressa. — Cada um vai para casa e pensa nisso

até a próxima vez, conversa com a família, com os amigos, imagina, sonha. A ideia é ótima. Vamos todos trabalhar esse tema — dos bisavós aos bisnetos.

E então eu soube, eu descobri. Assim de repente. Descobri que nada é de repente. Dessa vez, a pesquisa do colégio não é só em livros nem fora de mim. É também na minha vida mesmo, dentro de mim. Nos meus segredos, nos meus mistérios, nas minhas encruzilhadas escondidas, Bisa Bia discutindo com Neta Beta e eu no meio, pra lá e pra cá. Jeitos diferentes de meninos e meninas se comportarem, sempre mudando. Mudanças que eu mesma vou fazendo, por isso é difícil, às vezes dá vontade de chorar. Olhando para trás e andando para a frente, tropeçando de vez em quando, inventando moda. É que eu também sou inventora, inventando todo dia um jeito novo de viver. Eu, Bel, uma trança de gente, igualzinho a quando faço uma trança no meu cabelo, divido em três partes e vou cruzando uma com as outras, a parte de mim mesma, a parte de Bisa Bia, a parte de Neta Beta. E Neta Beta vai fazer o mesmo comigo, a Bisa Bel dela, e com alguma bisneta que não dá nem para eu sonhar direito. E sempre assim. Cada vez melhor. Para cada um e para todo mundo. Trança de gente.

Foi só por isso que eu resolvi contar o segredo que ninguém desconfia, sabe? Contar que Bisa Bia mora comigo. Mas quando eu me animo, não consigo parar, e acabei contando tudo. Até Neta Beta entrou na dança. E nós três juntas somos invencíveis, de trança em trança.

Palavras da autora sobre esta história

Quando escrevi *Bisa Bia, Bisa Bel* só estava era com muita saudade de minhas avós. Vontade de falar sobre elas com meus dois filhos. Não imaginava que pouco depois ia ter uma filha e essa linhagem feminina ainda ia ficar mais significativa para mim. Nem que a história ia fazer tanto sucesso, ganhar tantos prêmios, ser escolhida como um dos dez livros infantis brasileiros essenciais, ser traduzida pelo mundo afora e, sobretudo, tocar tantos leitores.

Por causa de Bisa Bia, já tomei chá com avós em uma porção de colégios de cidades diferentes, já recebi receitas de biscoitos, ganhei bordados, vi exposições de fotos de família. Por causa de Neta Beta, nesses ou em outros colégios, ouvi músicas metaleiras do futuro, li jovens utopias sobre o mundo que ainda vem por aí, assisti a desfiles de moda intergaláctica. E, da Califórnia a Paris, do México a Berlim, passando por todo o nosso interior, encontrei gente que sorriu ou chorou com Bel e que depois veio me dizer que também tem uma Bisa Bia morando no coração.

Mais que todos os prêmios e todas as críticas elogiosas que o livro recebeu, mais que todos os recordes de venda, sei que esse é o grande presente que *Bisa Bia, Bisa Bel* continua me dando, sempre — é uma ponte com outros seres humanos, de origens e idades variadas.

Ana Maria Machado
www.anamariamachado.com.br

Arquivo da autora

Há mais de 40 anos Ana Maria Machado vem conquistando reconhecimento, no Brasil e no exterior, pela qualidade de seu trabalho como escritora e tradutora.

Em 2000, Ana recebeu a medalha Hans Christian Andersen, o prêmio mais importante da literatura para crianças e jovens. Em 2003, tornou--se membro da Academia Brasileira de Letras, da qual, desde 2011, é também presidente.

Em 2010, ganhou na Holanda o prêmio Príncipe Claus, segundo o júri para "premiar sua literatura notável, sua capacidade de abrir as fronteiras da realidade para jovens e comunicar valores humanos essenciais a mentes e corações impressionáveis".

Livros de Ana Maria Machado publicados pela Salamandra:

Bem do seu tamanho – Ilustrações de Mariana Massarani
Bento que bento é o frade – Ilustrações de Cláudio Martins
Bisa Bia, Bisa Bel – Ilustrações de Mariana Newlands
Contos de Grimm: volume 1 – Ilustrações de Jean Claude R. Alphen
(tradução integral de contos clássicos dos irmãos Grimm)
Contos de Grimm: volume 2 – Ilustrações de Cris Eich
(tradução integral de contos clássicos dos irmãos Grimm)
Contos de Grimm: volume 3 – Ilustrações de Cris Eich
(tradução integral de contos clássicos dos irmãos Grimm)
Contos de Grimm: volume 4 – Ilustrações de Jean Claude R. Alphen
(tradução integral de contos clássicos dos irmãos Grimm)
De carta em carta – Ilustrações de Nelson Cruz
De olho nas penas – Ilustrações de Gonzalo Cárcamo
Dia de chuva – Ilustrações de Nelson Cruz
Era uma vez um tirano – Ilustrações de Lollo
Um Natal que não termina – Ilustrações de Miadaira
Raul da ferrugem azul – Ilustrações de Rosana Faría
Peter Pan (tradução integral do clássico de J. M. Barrie) –
Ilustrações de Fernando Vicente

Coleção Batutinha (9 títulos) – Vários ilustradores
Série Adivinhe Só (4 títulos) – Ilustrações de Claudius
Série Mico Maneco (20 títulos) - Ilustrações de Claudius
Coleção Gato Escondido (4 títulos) – Ilustrações de Denise
Fraifeld